Ce livre appartient à

À Lili, mon petit ressort d'amour.
À tous les enfants et leur belle énergie.

Les émotions de Gaston

JE SUIS TOUT FOU-FOU

Aurélie Chien Chow Chine

hachette
ENFANTS

Voici Gaston.
Une petite licorne comme toutes les autres,
ou presque...

Parfois, Gaston est content.
Parfois, il n'est pas content.
Parfois, il a peur.
Parfois, il est en colère.
Parfois, il est joyeux.

Ce sont des émotions.

Et Gaston,
il ressent toutes sortes d'émotions.
Comme toi.

Mais Gaston a quelque chose de magique :
sa crinière.

Quand tout va bien, sa chevelure
prend les couleurs de l'arc-en-ciel.

Sinon, elle change de couleur
en fonction de ses émotions.

joyeux

jaloux

en colère

coupable

timide

apeuré

boudeur

triste

Comment se sent Gaston en ce moment ?

Super bien !!!

Ah ! Gaston se sent vraiment très bien.
Il y a un gros soleil dans son cœur
et il va nous expliquer pourquoi.

Et toi, comment te sens-tu aujourd'hui ?

très bien

bien

assez bien

pas très bien

mal

très mal

Pourquoi Gaston se sent-il si bien ?

Aujourd'hui, Gaston a passé
une très bonne journée à l'école.

Avec sa maîtresse, il a appris beaucoup
de nouvelles choses.
Il les raconte à Maman et Papa
en sautillant comme un petit ressort
sur le chemin de la maison.

Après le goûter, Maman, Papa
et Gaston passent un bon moment
dans le jardin à courir, jouer et rigoler.

Mais en rentrant dans la maison,
Gaston a encore plein d'énergie à dépenser.
Il sort tous ses jouets, saute comme un petit fou
sur son lit et escalade même sa cabane.

GASTON
LILI

Gaston cavale dans le salon et bondit
à côté de Maman.

Pirouette, cacahuète, il n'en a pas le droit,
mais Gaston fait une magnifique galipette
sur le canapé !
« Gaston, tu risques de te faire mal ! »
Quitte à se faire gronder, Gaston essaie
par tous les moyens d'attirer l'attention de Maman.

Et si ça ne marche pas avec Maman,
qu'à cela ne tienne, Gaston va essayer avec Papa !

Il court le rejoindre en sautant partout !
Papa est en pleine séance de sport.

Gaston a de l'énergie,
il veut faire de l'exercice lui aussi.
« Allez Papa, hop là ! »

Gaston déborde d'énergie mais il ne sait pas quoi faire.
Alors il s'agite. Il essaye de se faire remarquer.
Maman et Papa n'ont pas l'air de beaucoup apprécier.

Et si, grâce à un **mouvement de respiration**,
on transformait cette agitation en énergie calme
pour la rendre utile ?

Toi aussi, quand tu te sens tout fou-fou,
tu peux le faire pour bien te servir de ton énergie.

Mouvement de respiration pour rendre son énergie utile

1 Gaston ferme les yeux.
Il imagine son agitation
comme un ressort rouge.
Puis il inspire par le nez
en gonflant son ventre
et fait ainsi rentrer du calme en lui.

2 Gaston souffle par la bouche,
vide tout son air en gardant
le calme au fond de lui.
Puis il bloque sa respiration.

3 Gaston se penche en avant.
Il rentre et gonfle son ventre plusieurs fois,
pour envelopper son ressort de calme.

4 Gaston se redresse et inspire
par le nez en ramenant
ses bras le long du corps.
Son petit ressort est devenu
tout bleu.

Gaston fait ce mouvement **3 fois**.

Il faut bien 3 respirations
pour sentir ce petit ressort d'énergie tout bleu,
tout calme.

Puis Gaston reprend une respiration naturelle.
Il se sent apaisé et en pleine forme !
Il va pouvoir faire des choses utiles
et plein d'activités qu'il aime.

Et s'il s'entraînait au basket-ball ?
Il faut de la force pour lancer le ballon,
mais aussi du calme pour bien viser.

Gaston peut également utiliser son énergie
pour aider, en s'occupant par exemple
du potager. Il a bien besoin de son énergie
pour cueillir cette carotte très coriace !

Ce soir, Maman et Papa sont ravis.
Gaston a cueilli les légumes qui ont servi
pour le dîner. Au menu : radis au beurre, carottes,
petits pois, puis tarte aux tomates maison.
« Merci, Gaston ! »

Gaston a retrouvé ses couleurs arc-en-ciel
et partage sa bonne humeur avec ses parents.

Si toi aussi, tu as réussi à rendre service grâce
à ton petit ressort, tu te sens détendu, **fier de toi**.
Et tout le monde appréciera ta belle énergie !

Retrouve toutes

Les émotions de Gaston

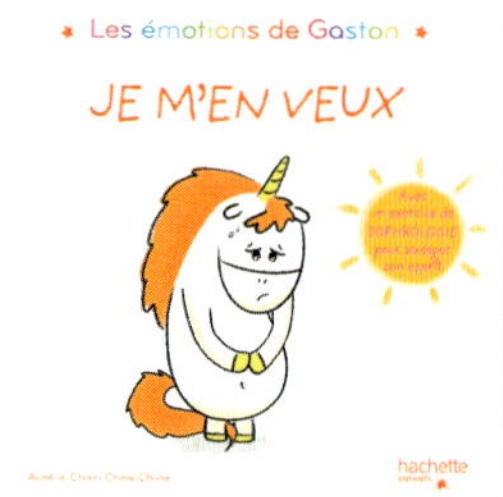

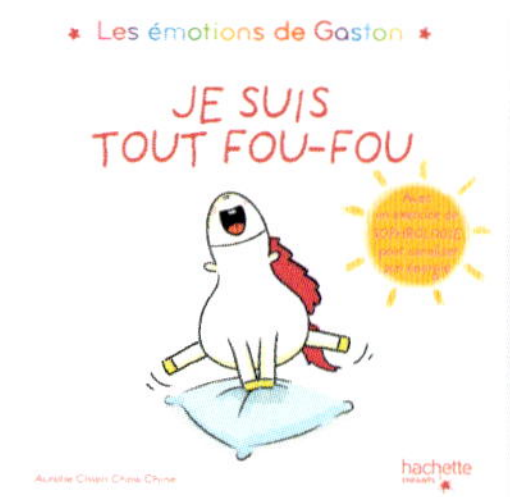

hachette s'engage pour l'environnement en réduisant l'empreinte carbone de ses livres. Celle de cet exemplaire est de : 200 g éq. CO_2
Rendez-vous sur www.hachette-durable.fr

PAPIER À BASE DE FIBRES CERTIFIÉES